L'EXPÉDITION PERDUE

Responsable de la collection : Hélène Wadowski
Directeur d'ouvrage : Denis Guiot
Coordination éditoriale : Frédérique Guillard, Catherine Faveau
Direction artistique : Bernard Girodroux, Claire Rébillard

PIERRE PELOT

L'EXPÉDITION PERDUE

Illustrations de Christophe Merlin

NATHAN

J-400

103

NOM DE CODE : W.P.32 — 1

UNE boule bleue suspendue dans le noir étoilé de l'espace. C'est ainsi que la planète était apparue sur l'écran d'observation du vaisseau commandé par Antodo Golrak.

Son nom de code s'inscrivit sous l'image : W.P.32.

Le navire-transport J.400, avec dans ses flancs une centaine de navettes de type « Jet », avait quitté sa base, le vaisseau-planète *Monde*, quatre jours auparavant (« quatre jours », d'après le temps de bord, évidemment). Puis il s'était immobilisé, et, de ses soutes immenses, les cent navettes s'étaient lancées silencieusement dans l'écrin sombre de la nuit spatiale. Elles contenaient exactement deux mille cinq cent quarante-sept soldats, sous le haut commandement du célèbre Antodo Golrak.

Quelques heures plus tard, cette flottille conquérante orbitait autour de la planète mystérieuse.

Une première expédition avait déjà quitté le vaisseau-planète *Monde* quatorze jours auparavant, et s'était posée sur W.P.32. L'atterrissage avait été normalement signalé, et depuis... le silence. C'était tout simplement comme si le monde de W.P.32 avait avalé cette première expédition, les deux navettes qui la composaient et leur équipage. Et l'équipage, cela signifiait quatre-vingt-sept personnes, pas moins, sous la direction du missionnaire éclaireur Jonat Drevek.

D'incessants appels avaient été lancés depuis le vaisseau-planète *Monde*. Mais Jonat Drevek restait obstinément muet.

Après une dizaine de jours d'attente infructueuse, il avait été décidé qu'Antodo Golrak prendrait la tête d'une seconde expédition. Cette fois, l'effectif des explorateurs se composait de près de trois mille soldats. Ils comptaient bien résoudre l'énigme de ce silence et retrouver les disparus.

Il fallait résoudre l'énigme.

Dans la cabine de commande de la navette-amiral, Antodo Golrak regardait sans mot dire le panorama retransmis par les caméras extérieures. Découvrir la planète sélectionnée, parmi des millions, par les ordinateurs, provoquait toujours un instant d'émotion forte.

Golrak ressentait cette sensation...

doublée d'une nervosité, d'une tension typiquement guerrières. Car il doutait que sa mission puisse être menée à bien pacifiquement. Question d'intuition. Il y avait une vie intelligente sur W.P.32. Golrak le savait. Les sondeurs du vaisseau-planète *Monde* avaient détecté cette présence de vie. Hostile, sans aucun doute.

« Effectuez les manœuvres d'approche ! aboya-t-il. Ordre aux capitaines des cent navettes de se tenir sur leurs gardes, dès l'entrée dans l'atmosphère de notre objectif. »

La flottille boucla deux orbites d'observation autour de W.P.32, en altitude moyenne. Cela permit de confirmer les renseignements précédemment obtenus : la planète était habitée, sa population avait sans doute atteint un

stade de civilisation technologiquement avancé.

Mais les craintes de Golrak se révélèrent non fondées : rien ni personne ne s'opposa à la flotte des navettes.

Le sous-commandant Jep Nigav s'annonça sur le circuit interne. Son visage maigre, au regard bleu acier surmonté d'une épaisse barre de sourcils, apparut sur l'écran.

« Commandant Golrak, dit Jep Nigav. La seconde révolution d'approche est terminée. Apparemment, nous ne sommes pas attendus. Nous n'avons détecté aucune manifestation d'hostilité.

– Je sais, Jep », dit Antodo Golrak.

Mais il savait aussi par expérience que cette absence de réaction ne signifiait rien. Les habitants d'une planète à ce stade d'évolution technique pouvaient fort bien cacher leur jeu et réserver aux explorateurs trop confiants de bien désagréables surprises. Le meilleur exemple n'était-il pas, précisément, cette disparition de la première expédition sur W.P.32 ?

Sur le petit écran, l'image de Jep Nigav récita :

« Nos capteurs nous ont transmis un certain nombre d'informations qui sont actuellement triées par nos ordinateurs. Rien, *a priori*, que nous ne connaissions déjà. Atmosphère respirable. La population de cette planète s'évalue globalement à quelque quatre milliards d'individus, de type humanoïde certain. Nous avons détecté des sources d'ondes-radio, quelques émissions d'images télévisées, ainsi que des systèmes de détection radar hautement perfectionnés. Il

semble que la population soit équitablement disséminée, en général, sur la surface de deux principaux continents. Une chose est certaine : avec les moyens dont ils disposent, ils nous ont repérés. Autre chose : bizarrement, leur ciel est vide de tout trafic aérien : nous n'avons détecté aucune trace d'engins volants. »

Antodo Golrak eut un petit mouvement d'humeur impatient. Il interrogea :

« Et Jonat Drevek ? Et la précédente expédition ?

– Silence total. Absolument rien, aucune réponse à nos appels incessants. C'est comme s'ils s'étaient évaporés... »

La grimace irritée du commandant Golrak se creusa davantage.

« Précisément, poursuivit son interlocuteur sur l'écran, notre position se situera bientôt à la verticale du point d'atterrissage de la première expédition, sur le deuxième continent de la planète. Quels sont les ordres ?

– Vol stationnaire pour toute la flotte au-dessus de ce point, dit Antodo Golrak. Je me poserai, ainsi qu'une dizaine de navettes. Les autres attendront un complément d'informations. »

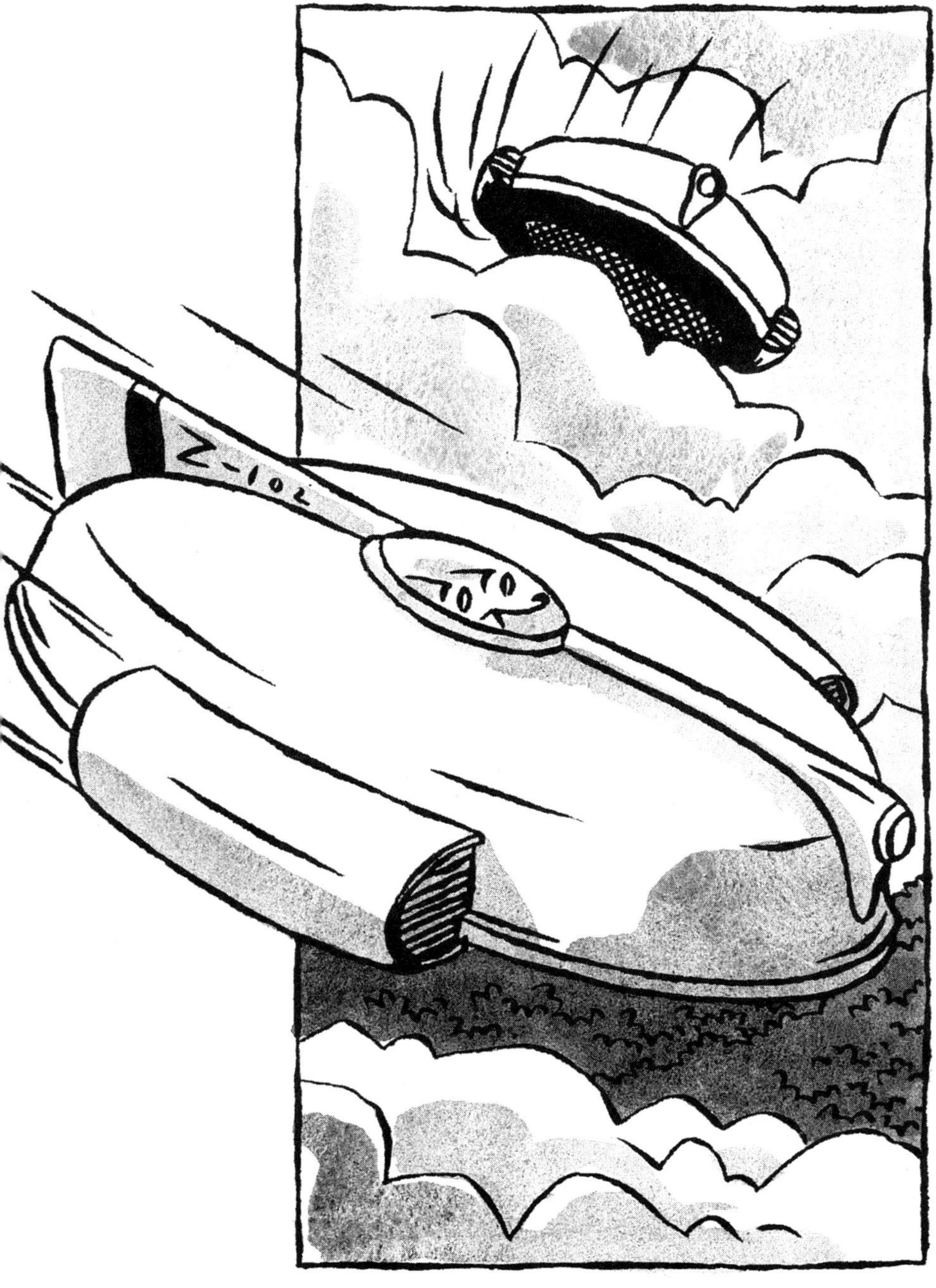
Z-102

ATTERRISSAGE 2

ONZE navettes Jet traversèrent les nuages cotonneux. Elles descendirent en ligne droite vers le lieu de l'atterrissage de la première expédition disparue. La mémoire des machines était sans faille : le point de cet atterrissage avait été enregistré très précisément.

Un paysage montagneux et ensoleillé. Les collines rondes confortablement bossuées étaient coiffées d'une forêt aux tons vert sombre, mouchetées de rouge et de jaune. C'était l'automne sur W.P.32. Car ici, bien sûr, le cycle des saisons existait, ce qui n'était pas le cas à bord du vaisseau *Monde*, la planète artificielle des Migrateurs.

Vers le sud se dressaient des constructions blanches.

Le point-cible de l'atterrissage se situait au centre exact d'une large vallée doucement incurvée, couverte d'herbes rousses, blottie dans l'imbrication des collines.

Vous avez vu ? s'exclama Nigav.

Pas très loin, vers le sud, se dressaient des constructions blanches, au toit plat. Une soixantaine environ. Probablement des habitations, et non de simples hangars.

Le détachement des onze navettes amorçait sa décélération, à l'altitude de trois cents mètres, quand le visage de Jep Nigav apparut une fois de plus sur l'écran d'intercommunication de la cabine du commandant Golrak. Il paraissait très excité.

« Vous avez vu, commandant ? s'exclama-t-il. Jonat Drevek et la première expédition se sont bien posés ici ! Les traces d'herbes brûlées sont encore visibles au sol, et nous...

– J'ai vu ! coupa Antodo Golrak. Gardez votre calme, mon vieux, et contentez-vous de superviser notre atterrissage actuel.

– Bien, commandant », fit Nigav, refroidi dans son enthousiasme.

Gardez votre calme, mon vieux.

Il coupa la communication.

L'herbe grilla jusqu'aux racines, sous le souffle de chaleur dégagé par les rétroréacteurs des navettes. Les onze Jet, comme de gros beignets métallisés au centre desquels se trouvaient serties les cabines des pilotes, se posèrent dans la vallée calme. Elles formaient un cercle autour de la zone calcinée par l'atterrissage de la précédente expédition.

Ce village paraissait désert.

Les rétroréacteurs coupés, un silence épais, total, retomba sur la vallée.

Un certain temps s'écoula, et rien ne se produisit. La forêt environnante restait impénétrable, tranquille, verte et rousse. Une rivière torrentueuse chantait à moins de cent pas, coulant du nord au sud entre des haies broussailleuses. Elle filait au ras des constructions blanches, que Golrak avait baptisées « le village ».

Ce village paraissait désert. Absolument vide.

Silence sur un décor quasi immobile...

Puis d'invisibles oiseaux recommencèrent à pépier dans les ramures. Un petit vent de rien du tout agitait maintenant les feuillages et les champs herbus.

Se poser sur un monde nouveau était toujours impressionnant, même si, pour

Antodo Golrak, cela s'était déjà produit un certain nombre de fois. L'émotion était la même pour tous les colonisateurs, découvreurs, explorateurs et militaires.

Depuis le lointain départ du vaisseau *Monde*, les navettes d'exploration s'étaient posées sur trente-deux planètes susceptibles d'accueillir des colons. Trente-deux. C'était, depuis des siècles, à la fois peu et beaucoup.

Golrak donna l'ordre de débarquer.

W.P.32 était donc, comme l'indiquait le chiffre, la trente-deuxième.

Quant au véritable nom de la planète, seuls ses habitants le connaissaient.

Antodo Golrak donna l'ordre de débarquement.

Trois cents hommes armés de fusils laser, protégés par leur combinaison à écailles, casqués de couvre-chef antifeu, protégés par un masque contre toute agression microbienne, posèrent la botte sur le sol de la planète muette. Trois cents hommes de guerre.

Antodo Golrak se trouvait parmi ses soldats. Il ordonna à un groupe de quarante d'aller voir du côté du village. Aucune présence microbienne dangereuse n'ayant été détectée dans l'atmosphère, les masques furent retirés. L'air avait une odeur de terre grasse, des effluves d'humus et de sève s'élevaient de la forêt.

Par l'émetteur laryngophonique de sa combinaison, le commandant Golrak entra en contact avec Jep Nigav à bord de sa navette, là-haut, dans le ciel, parmi les quatre-vingt-neuf autres de la flotte.

« Nigav ? Nous sommes au sol. Rien à signaler. Restez là-haut avec cinq

navettes Jet, et que les autres exécutent le plan prévu : atterrissage et quadrillage de toute la surface de la planète, en attente d'ordres ultérieurs. Exécution.»

À peine trois minutes après avoir coupé la communication, Antodo Golrak vit revenir à travers prés le groupe envoyé en éclaireur au village.

Les soldats poussaient devant eux une demi-douzaine de personnes.

Des habitants de W.P.32.

PREMIER CONTACT 3

LE soir, maintenant, tombait sur la vallée.

L'eau du torrent semblait chanter plus fort, et cette rumeur qui montait de l'ombre flottait au-dessus du bourdonnement des conversations des trois cents hommes en train de bivouaquer autour des navettes d'exploration. Les blancheurs du village indigène s'estompaient.

Les feux allumés des navettes éclairaient crûment le campement. Haut dans le ciel, les cinq navettes en vol stationnaire, sous le commandement de Jep Nigav, clignotaient comme les premières étoiles.

Antodo Golrak était né sur Monde.

Antodo Golrak était assis sur la première marche de l'échelle de coupée de sa navette-amiral. Il frissonna. C'était à cause de la fraîcheur ambiante... ou bien aussi pour une tout autre raison. Il actionna machinalement le système de chauffage de sa combinaison de combat.

Il n'était pas habitué aux crépuscules de planètes réelles, bien que son entraînement de soldat l'eût préparé à toutes sortes de variations climatiques. Les « soirs fabriqués » du vaisseau-planète *Monde* n'étaient en rien comparables. Même en surface de ce monde artificiel, quand le petit soleil fictif disparaissait derrière l'horizon factice, la température ne diminuait pas d'un degré pour autant, car les robots d'entretien atmosphérique agissaient.

Antodo Golrak était né sur *Monde*.

C'était un vrai Migrateur, un colonisateur, un soldat pacificateur. Un homme de l'espace.

Il faisait partie de ces hommes qui semaient à travers l'Univers, au fil des siècles, la culture et les connaissances des vieilles civilisations terriennes. Il avait été éduqué pour ce travail de pionnier découvreur, et c'était une fonction qui lui procurait mille satisfactions. Antodo Golrak était célèbre pour son efficacité et son sérieux. Il avait participé activement à la colonisation de deux mondes, et, en ce qui concernait la seconde expérience, cela ne s'était pas fait facilement. Il en gardait un méchant souvenir. Les autochtones humanoïdes s'étaient montrés plutôt coriaces, ce qui avait provoqué de belles batailles.

Il était célèbre pour son efficacité.

Sur les trente-deux planètes décou-

C'était une planète idéale.

vertes par le vaisseau-planète *Monde*, onze avaient été conquises et occupées. Onze planètes sur lesquelles vivaient et prospéraient les descendants des natifs de Terre. Onze planètes sur des centaines de milliards, c'était sans doute infiniment peu. À l'échelle des Migrateurs de *Monde*, c'était énormément. Il n'existait sans doute aucune autre civilisation intelligente humanoïde dans le cosmos qui eût égalé ce tour de force.

Et W.P.32 serait sans doute la douzième base de la colonie terrienne.

Antodo Golrak n'en doutait pas.

C'était une planète idéale. Sauf que, peut-être, ses occupants... mais jamais dans l'histoire de l'épopée de *Monde* les occupants d'une planète choisie par les Migrateurs n'avaient posé de véritable problème...

Ou ils étaient suffisamment intelligents pour accepter l'alliance et les « bienfaits » de la civilisation conquérante... ou ils étaient trop différents, trop « sauvages », et on les effaçait.

Évidemment, songeait le commandant Golrak, W.P.32 serait le douzième territoire conquis par les armées de la vieille Terre. En escamotant la première expédition, ces « sauvages » ne savaient pas vers quoi cet acte risquait de les entraîner.

W. P. 32 serait le douzième territoire conquis.

Il se leva et marcha d'un pas vif vers la navette où étaient détenus, sous bonne garde, les six vieillards découverts par la patrouille dans le village.

Les hommes en armes s'écartèrent et les six personnages levèrent les yeux sur Antodo Golrak. Il les dominait de toute sa hauteur, grand, mince, ses larges épaules moulées par l'uniforme de combat. Son visage était plus sévère qu'un masque.

Cependant, les six vieillards ne paraissaient pas spécialement apeurés ni même impressionnés. On lisait dans leurs yeux une espèce d'incompréhension globale à l'égard de tout ce qui les entourait, sans plus.

Il y avait quatre hommes et deux femmes. Vieux. Cheveux blancs, longs et nattés. Des visages froissés de rides. Ils étaient tous vêtus de robes amples, coupées dans une étoffe soyeuse et finement brodée, les coutures ourlées de toupets duveteux. Une des femmes était enveloppée dans un châle d'étoffe épaisse. Les hommes fumaient des pipes coniques sculptées dans ce qui semblait être un bois noir et dur. Les six

personnages étaient assis à même le sol ; visiblement, la fraîcheur ambiante ne les gênait aucunement.

Garcian Dome fit son apparition. Il cumulait dans le groupe diverses fonctions, dont celles de sémanticien [1], ethnologue [2], linguiste [3]. À lui revenait la mission d'assurer le contact avec des populations étrangères. C'était un homme replet, plutôt petit, avec un visage triste. Il tenait à la main sa machine à traduction – la « valise bavarde », comme il l'avait surnommée.

« Et alors ? lança sèchement Golrak. Il y a plus de six heures que nous avons mis la main sur ces natifs. Qu'en avez-vous tiré ? »

---

1. Sémanticien : spécialiste de l'étude du langage considéré du point de vue du sens.
2. Ethnologue : personne qui étudie les groupes humains.
3. Linguiste : spécialiste en linguistique (science qui étudie la langue).

Garcian fit une grimace désolée :

« Rien, commandant. Pour en tirer quelque chose, il faudrait qu'ils parlent, qu'ils s'expriment. Or, ils ne disent rien. Ils sont muets. »

Golrak émit un grognement rageur. En deux pas, il fut devant le premier vieillard. Il l'empoigna par le devant de sa robe et le souleva de terre comme il l'aurait fait d'un sac de plumes. D'un revers de sa main gauche, il fit voler la pipe du vieil homme.

« Muet, hein ? gronda Antodo Golrak. Bon sang, vieux débris, même si tu ne comprends réellement pas mon langage, il existe d'autres moyens de te dessouder les lèvres ! »

AVERTISSEMENT 4

Golrak secouait le vieillard d'une main, tandis que de l'autre il indiquait les traces dans l'herbe. Sa voix rauque s'assourdit davantage :

« Où sont-ils, ceux de la première expédition ? Et les navettes qui se sont posées ici ? Qu'en avez-vous fait ?

– Ce n'est pas de cette façon... » tenta timidement Garcian, mais le commandant l'interrompit sèchement :

« Ça va, Garcian ! Le temps nous est compté et vous le savez fort bien. Quelques jours, et passé ce délai le vaisseau *Monde* remettra la gomme et s'éloignera, poursuivant sa route. Il sera trop tard pour faire débarquer des colons, trop tard pour tout, et même pour nous si nous voulons quitter cette planète. À chaque seconde qui passe, le vaisseau *Monde* s'éloigne, bien qu'en vitesse réduite, et six heures se sont déjà écoulées pour rien ! Six heures, avec, pour tout résultat, à peine quelques contacts pris par des navettes d'éclaireurs avec un ou deux groupes d'autochtones. Tout ce qu'on m'a communiqué, c'est que cette planète s'appellerait Ariziane. C'est une sacrée information, pas vrai ? »

Il relâcha le vieillard qui retomba brutalement assis. La crainte avait fini par s'installer dans ses yeux et dans ceux de ses compagnons. Garcian suggéra :

« On pourrait les évacuer sur le navire-transport J.400 et tenter une analyse approfondie sous hypno...

– Pas le temps, je vous dis ! gronda Golrak. Débrouillez-vous avec votre “valise bavarde”, mon vieux... et je vous donne une heure, pas une minute de plus. »

Il tourna les talons et retourna à sa navette. L’opérateur des communications, en contact permanent avec Jep Nigav qui, de là-haut, assurait le relais avec les autres navettes au sol, leva sur le commandant un regard fatigué.

« Alors ? demanda Golrak.

– Nombreux contacts pris avec la population. Ils semblent généralement craintifs, mais curieux aussi, globalement amicaux. La barrière du langage est apparemment difficile à passer – nous n’avons qu’une seule “valise bavarde” ici. Les équipages attendent des ordres. Cela dit, tous ces “Arizianéens”

Ils semblent craintifs, curieux, amicaux.

sont fichtrement évolués, techniquement. Aucune trace d'armes parmi eux, *a priori*. Autre chose : il y aurait, semble-t-il, une grande variété de cultures et de coutumes différentes. Les villes, au sens commun du terme, n'existent pas.

– Pas de villes ? Mais des villages ? Comment appeler ce groupe de bâtiments, ici ? »

L'homme des communications haussa une épaule en signe d'ignorance. Il demanda :

« Quels sont les ordres ?

– Attendre. Et se méfier terriblement. »

Le commandant était sur le point de quitter la cabine quand un soldat entra, brandissant une ceinture porte-fusil. Il était pâle, l'excitation enflammait ses yeux.

« Commandant ! On vient de trouver ça, en lisière de forêt, pas loin d'ici ! »

Un coup d'œil sur la ceinture suffisait à l'examen : une ceinture de modèle courant, vide, comme en portait chacun des quatre-vingt-sept hommes de la première expédition. Une patrouille, expliqua le soldat, qui ratissait les environs immédiats, avait déniché la ceinture dans un fourré. C'était aussi simple que cela.

Pour commencer, supprimez-en un au hasard.

Quelques secondes s'écoulèrent, pendant lesquelles Golrak sentit monter en lui la sourde excitation qu'il connaissait si bien.

« Qu'on mette cet objet sous le nez des vieux, et qu'ils parlent. Pour commencer, supprimez-en un, au hasard, n'importe lequel. Celui que j'ai secoué, par exemple. Pas de torture, supprimez-le, c'est tout, pour que les autres comprennent que nous ne nous amusons pas. »

La brutalité de l'ordre ne parut pas déranger le soldat, qui garda un visage impassible et s'en fut l'exécuter.

La situation était une situation de guerre.

À présent, Antodo Golrak savait. Il aurait parié son nom que la première expédition avait été joliment jouée par ces Arizianéens apparemment paisibles. Étaient-ils prisonniers ? ou bien morts ? Et les navettes... qu'étaient-elles devenues ?

Pour Golrak, la situation était maintenant une situation de guerre... et la vie d'un homme, un vieillard inoffensif, ne compte pas dans une guerre. En revanche, sa mort peut compter. C'était, selon le commandant Golrak, la règle du jeu.

Il avala un comprimé anti-sommeil.

À cet instant même, en différents points de la planète Ariziane (ex-nom de code W.P.32), les populations désarmées se mêlaient aux groupes des soldats débarqués des navettes. Hommes, femmes, enfants, unis par la même curiosité. Ils ne parlaient guère, même entre eux, mais souriaient. Ils tentaient d'entrer en communication gestuelle avec les troupes sévères débarquées sur leur terre.

Pour les soldats, la situation n'était pas simple. Ils se seraient volontiers laissés aller, conquis par cette bonne humeur et cette apparente gentillesse. Mais les ordres étaient de se méfier. Et l'attitude des gens d'Ariziane pouvait fort bien cacher le pire des pièges.

NÉGOCIATIONS 5

Antodo Golrak effectua d'incessantes allées et venues entre sa navette-amiral, le groupe des vieillards et les commandos qui revenaient de la forêt. Un peu avant le matin, tous les commandos d'exploration étaient rentrés. Le seul indice était cette ceinture porte-fusil. Sans l'aide de pilules régénératrices, ils se seraient effondrés d'épuisement.

Comme l'avait ordonné Golrak, le vieillard avait été « éliminé ». Il gisait sur place, face contre terre. La rosée matinale brillait sur les broderies de sa robe. Il n'avait certes pas souffert. Un jet de fusil-laser, une fraction de seconde. Mais *il était mort*. Ses compagnons n'en finissaient pas de le contempler, comme s'ils restaient incrédules, ahuris. Les regards qu'ils portaient sur les soldats, sur Garcian aussi, avec sa « valise bavarde », étaient chargés de cet insupportable étonnement. Ni la mort d'un des leurs, ni le fait qu'on agite sous leurs yeux la ceinture porte-fusil, n'avaient rien provoqué d'autre que cet ébahissement craintif.

Mais ils ne se taisaient plus vraiment. Une femme prononçait régulièrement un mot : *ragsaw*, sur un ton plat et interrogatif, posant son regard sans couleurs dans celui de Garcian Dome.

Ragsaw ?

Dépourvue d'autres données, la « valise bavarde » était bien incapable de traduire les deux syllabes étouffées de ce mot. Le commandant Golrak se sentit brusquement découragé. Le temps d'un éclair, il eut l'absolue conviction de ne jamais retrouver la première expédition perdue. Une voix, au fond de lui-même, lui criait de partir bien vite, de quitter cette planète qu'il ne comprenait pas et de rejoindre le vaisseau *Monde*.

Puis le soleil se leva au-dessus des montagnes. Et c'est alors qu'*ils* firent leur apparition, quittant la forêt environnante, comme sur un coup de baguette magique.

On aurait pu croire qu'ils se tenaient sous le couvert des arbres depuis toujours et qu'il leur avait suffi de faire un pas en avant. Mais c'était impossible bien sûr, puisque les commandos avaient ratissé les environs sans relâche.

Cela signifiait qu'ils venaient de plus

Ragsaw ? disait-elle sur un ton plat.

loin, au-delà du périmètre circulaire de cinq kilomètres de rayon autour du point d'atterrissage. Ils s'étaient approchés sans bruit.

Ils étaient là.

Les gens d'Ariziane.

L'effet de stupeur fut tel que pas un soldat ne poussa le moindre cri. L'instant d'avant, le soleil se levait, la forêt était calme et déserte – maintenant, plusieurs milliers d'Arizianéens encerclaient le campement, en silence, les mains vides.

Il y avait des hommes, des femmes et des enfants. Ils avaient la peau lisse ou ridée, les cheveux blancs, roux, noirs, blonds. Ils portaient des bandeaux tressés en guise de coiffure, ou des chapeaux ornés de plumes multicolores. Leurs vêtements étaient de tous

les types, chasubles, robes, pantalons, culottes. Des bijoux brillaient aux poignets et aux chevilles d'un grand nombre.

Le cœur de Golrak battait la chamade.

Ils avancèrent. Le cercle qu'ils formaient se referma lentement sur le campement limité par les navettes. Dans le silence, ce mouvement de masse avait quelque chose de terriblement impressionnant.

Le cœur du commandant Golrak battait la chamade. D'un pas de somnambule, il marcha jusqu'au groupe des vieillards et se porta au côté de Garcian Dome. La femme leva les yeux vers lui et dit :

« Ragsaw ? »

Antodo Golrak n'entendit pas. Il était fasciné par cette mer vivante qui se refermait sur son campement. Une poignée d'Arizianéens, à hauteur du cordon de soldats, engageaient apparemment le dialogue avec les hommes en armes. Golrak vit les soldats se tourner vers lui, ahuris, quêtant un soutien. Ce fut ce qui ramena le commandant à la réalité. L'impact de la surprise dissous, il fut de nouveau le chef de guerre en mission au nom du vaisseau *Monde*.

Il était fasciné par la foule.

« Garcian, avec moi ! » souffla-t-il.

Il se dirigea vers le groupe d'Arizianéens qui s'étaient adressés aux soldats. Un capitaine maigre, flottant dans sa tenue de combat écailleuse, bafouilla quelques mots que Golrak ne comprit point, n'entendit probablement pas. Malgré lui, le commandant était fasciné par la foule haute en couleur. Levant ses deux paumes nues au niveau des épaules, il dit :

« Je suis Antodo Golrak, commandant de cette mission de reconnaissance, au nom de la race terrienne et des Migrateurs, je vous salue. »

Une femme aux cheveux de jais, plutôt petite, souriante, vêtue d'une robe blanche d'étoffe lourde, dit :

« Mon nom est Mira. Je te salue en mon nom. »

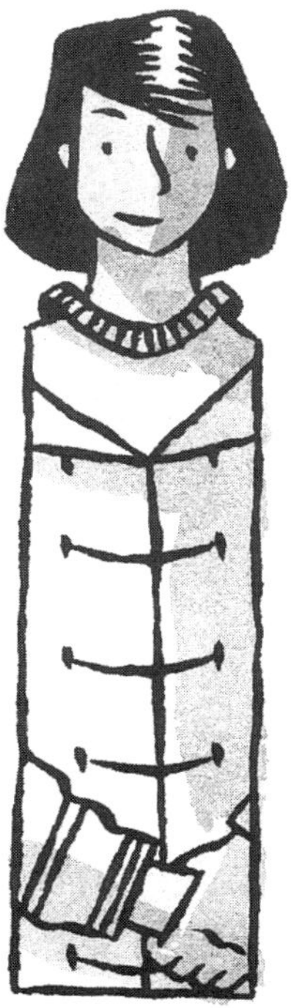

Garcian Dome, sa « valise bavarde » toujours muette posée devant lui, émit un juron sourd. Le commandant Golrak se sentit pâlir de stupéfaction.

« Tu parles... ma langue ?

– Je la parle, dit Mira. Je la comprends. Je suis de celles et de ceux qui ont appris le plus rapidement.

– Appris ? bredouilla Golrak... Où est Jonat Drevek, le chef de la précédente expédi...

– Tu es seul à pouvoir parler ? interrogea Mira tranquillement.

– Je suis le chef de ce corps expéditionnaire. Je parle au nom de tous. »

Le ton sec ne troublait aucunement Mira. Elle réfléchit un instant, puis :

« Le chef, oui... Mais, pour nous, cela ne signifie rien. Je parle pour moi, et Diram (elle désigna son voisin, grand, costaud, roux de poil), Diram parlera pour lui quand il le fera, s'il décide de le faire. »

Golrak fit un effort visible pour refréner son impatience grandissante. Visage crispé, il récita :

« Je représente la plus grande civilisation intelligente de type humanoïde de l'univers. Notre vaisseau *Monde* parcourt l'espace et dispense son savoir, acquis après des millénaires d'efforts et de

Je te salue en mon nom : Mira.

recherches. Je demande à être reçu par le gouvernement reconnu de ce monde. »

Il reprit son souffle, ajouta :

« Je demande aussi qu'il ne soit fait aucun mal à mes hommes, aux différents points d'atterrissage de la flotte. À la moindre violence, la riposte sera terrible et foudroyante. »

Le sourire, un peu triste, s'élargit sur les lèvres de Mira :

« À la moindre violence... Mais qui possède les armes ? » murmura-t-elle.

Sur un ton si doux que Golrak ne put réprimer un frisson. Mais il se ressaisit rapidement.

« Je ne me fie pas aux apparences, dit le commandant. Avant d'être submergés ici, nous pourrions tuer plusieurs milliers d'entre vous, et les représailles seraient définitives.

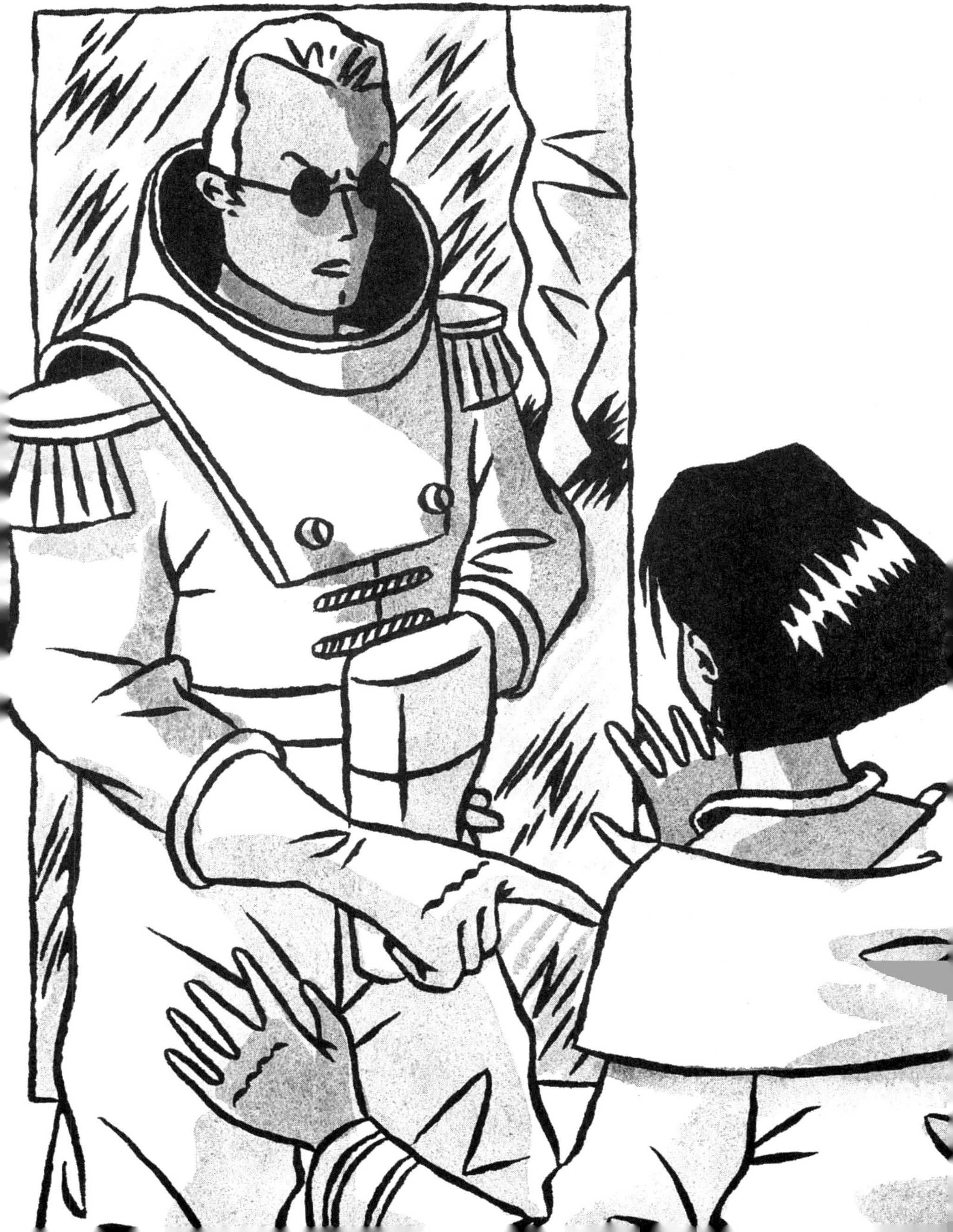

Même chez les animaux il existe une hiérarchie des forces.

– Je sais, dit Mira. Mais pour quelle raison ? Où serait l'intelligence d'une pareille action ? Cette intelligence au nom de quoi tu parles, Golrak, et de quoi tu te prétends le porte-parole.

– Je veux rencontrer le gouvernement de ce monde.

– Je crois comprendre ce que tu veux dire par "gouvernement", dit Mira. Mais cela n'existe pas sur Ariziane. Je suis désolée de te décevoir... Ici, chacun se gouverne soi-même – si je comprends bien ce que signifie ce terme. »

Golrak avala sa salive, irrité.

« C'est certainement la chose la plus stupide que j'aie jamais entendue de ma vie. Même chez les animaux, il existe une hiérarchie des forces et des valeurs, il existe des dominants et des dominés.

– Mais précisément, dit calmement

Mira. Précisément, *nous ne sommes pas* des animaux. Nous sommes cette force de vie dite humaine, au sein de la VIE qui est l'Univers. »

Mais nous ne sommes pas des animaux.

Golrak ne répondit rien. Il attendit que Garcian lui vienne en aide, avec une réplique implacable en réponse à cette fille, mais Garcian Dome demeura parfaitement muet et totalement oublieux du rôle de communicateur qu'il avait à jouer.

Les Arizianéens avaient complètement envahi le campement. Ils évoluaient parmi les soldats sans se préoccuper des armes. Ceux et celles qui, comme Mira, avaient « appris rapidement » engageaient la conversation. Un groupe encerclait les vieillards, devisant avec eux dans une langue aux intonations coulantes.

Puis ce groupe s'approcha de Golrak. Une nouvelle bouffée d'impuissance amère submergea le commandant. La vieille femme se trouvait à son côté et elle posa une main ridée sur son bras, dit :

« *Ragsaw ?* »

Fuyant le regard de la vieille, Golrak reporta son attention sur Mira.

« Elle répète cela sans arrêt...

– *Ragsaw* signifie "pourquoi", dit Mira. Pourquoi avoir tué le vieil homme innocent ? Cette question, nous te la posons. »

Golrak ouvrit la bouche et la referma. Dans son esprit d'explorateur conquérant, la réponse était pourtant claire et limpide. Il fut tout simplement incapable de la formuler. Elle devenait caduque, absurde.

Mira dit :

« Nous avons appris la mort de ce vieil homme qui n'avait pas voulu quitter sa maison. C'est pourquoi nous sommes là.

– Vous avez... appris ?

– Plusieurs d'entre nous habitaient ces maisons. Ils se sont éloignés, *comme convenu*, mais ces vieillards ont préféré rester ici. C'était leur droit. Nous avons pourtant camouflé dans les broderies de leurs vêtements des microcapteurs et des yeux-caméras. Nous voulions savoir.

– Vous... vous nous *attendiez* donc ? murmura Golrak stupéfait.

– Bien sûr. »

La salive qu'il avala péniblement avait cette fois un goût de fer.

Ils étaient attendus.

Pourquoi n'avaient-ils pas fouillé

ces vieillards ? Pas une seconde ils n'avaient envisagé que des personnages d'allure si paisible et naturelle...

Jonat Drevek est en parfaite sécurité.

« Vous connaissez Jonat Drevek, n'est-ce pas ? interrogea Golrak.

– Oui, reconnut Mira.

– Qu'en avez-vous fait ? C'est pour le retrouver que nous avons dû éliminer cet homme.

– Je ne vois pas le moindre rapport entre ces deux faits, répondit Mira. Jonat Drevek et ceux qui l'accompagnent sont en parfaite sécurité. Vivants.

– Ah oui ? Si c'est exact alors, pourquoi a-t-il interrompu toute communication avec le vaisseau *Monde ?* Pourquoi ce silence ?

– Il vous le dira lui-même, je suppose, dit Mira. Nous pouvons vous conduire à lui, si vous le désirez. Laissez ici vos véhicules et suivez-nous. Ordonnez à vos soldats, puisque c'est ainsi que vous agissez, ordonnez-leur de ne plus tuer les nôtres. Ce n'est pas nécessaire. Tous ceux d'entre vous qui veulent revoir Jonat Drevek peuvent nous suivre.

Nous pouvons vous conduire à lui.

– Hé ! s'exclama Antodo Golrak. C'est moi qui décide ! Et pas question de vous suivre je ne sais où. Pas question d'abandonner nos navettes. Que je sois carbonisé sur pied si tout ceci n'est pas un piège grossier ! »

Mira sourit. D'une poche de sa robe, elle sortit un boîtier plat, circulaire : un lecteur vidéo muni d'un petit écran ovale. Du pouce, elle appuya sur un bouton de l'appareil. Le visage anguleux de Jonat Drevek apparut sur le mini-écran.

Sa voix s'éleva :

« Suivez-les, commandant Golrak. Vous ne courez aucun risque, je vous l'affirme sur mon honneur de citoyen de *Monde*. Mettez-vous en marche et suivez-les. Là où ils vous conduiront, les navettes ne vous seront d'aucune utilité. Faites-le, commandant, je vous le demande. C'est la seule solution. »

L'écran redevint pâle, puis sombre.

Golrak leva les yeux et soutint le regard de Mira. Elle continuait de sourire.

La vieille femme posa de nouveau sa main sèche sur l'avant-bras de Golrak.

« *Ragsaw ?* » demanda-t-elle.

LA LONGUE MARCHE 6

JEP NIGAV, de sa navette en plein ciel, communiqua au commandant les informations demandées concernant les autres groupes d'occupation. Tout allait apparemment bien. Aucun incident, nulle part. Ici et là, aux différents points de contact, des Arizianéens parlaient le langage des soldats.

« Tant qu'ils ne font que bavarder, ce n'est pas grave », estima Golrak.

Il décida que la moitié de son effectif, dans la vallée, garderait les navettes prêtes à décoller à la moindre alerte. L'autre moitié des troupes, lui à leur tête, suivrait donc les Arizianéens. Il

Il convenait de rester sur ses gardes...

resterait en contact avec les navettes au sol comme avec Jep Nigav dans le ciel. La marche vers cet endroit mystérieux où les attendait Jonat Drevek serait ainsi suivie pas à pas. Les navettes de surveillance pourraient intervenir, si besoin était, en n'importe quel point du trajet. (Encore que l'image de Jonat Drevek avait dit que là où ils iraient les navettes ne seraient d'aucune utilité...)

Le commandant Golrak décida donc de suivre les Arizianéens.

Il n'était pas vraiment convaincu de faire là quelque chose de très raisonnable. Mais il ne voyait guère d'alternative. Il convenait de rester sur ses gardes en prenant un maximum de précautions... s'il voulait conserver une chance de sauver Drevek et ses soldats (mais ils n'avaient pas l'air d'être prisonniers) et de coloniser Ariziane.

Ils se mirent en marche à travers la forêt.

Les habitants d'Ariziane se mêlaient aux soldats avec tant d'innocence et de naturel ! Impossible pour Golrak de songer à empêcher ce brassage sans paraître ridicule.

... pour sauver Golrak et ses soldats.

Deux ou trois mille personnes, dont cent cinquante soldats de *Monde*, marchaient le long des sentes forestières. Une poignée de soldats accompagnaient Golrak en tête de la « promenade ». Mira se trouvait là également et parlait beaucoup.

Elle parlait avec chaleur de sa planète et des peuples d'Ariziane, qui se mélangeaient continuellement au gré de l'évolution, changeaient de coutumes ou même de langue comme de chemise. Quand la jeune femme marquait un temps, le relais était pris aussitôt par un de ses compagnons. Ils racontaient.

Et c'était passionnant... un rien saoulant. Golrak écoutait. Il ne parvenait pas à croire à la réalité de toutes ces informations qui le noyaient. Il demandait à voir. Mais il continuait d'écouter...

Le premier soir, le bivouac fut dressé en pleine forêt, des feux allumés, des provisions sorties des besaces arizianéennes, que Mira et ses amis partagèrent avec Golrak et ses hommes. Puis le commandant prit contact avec Jep Nigav à son poste d'observateur céleste. Jep Nigav lui apprit que la colonne de la promenade se dirigeait vers un secteur de montagnes plus escarpées, et que s'ils poursuivaient dans cette direction

ils traverseraient bientôt des régions habitées.

Golrak supervisa le propre bivouac de ses hommes, désigna des gardes... et s'endormit. Normalement, il aurait dû absorber de nouvelles gélules anti-sommeil, mais il se sentait en toute sécurité. Cette promenade, se disait-il, ne durerait pas des jours et des jours. Il allait retrouver Jonat Drevek, et la colonisation d'Ariziane pourrait commencer.

Comment te sens-tu, Antodo ?

Il ouvrit les yeux, dans la lumière douce qui baignait l'endroit.

« Comment te sens-tu, Antodo ? »

C'était une voix de femme, qu'il reconnut aussitôt.

« Mira. »

Il ne la voyait pas, mais la savait là, à proximité. Il aurait voulu bouger. Son corps pesait du plomb. Il avait, en même temps, l'impression de flotter. Il se dit que quelque chose de terrible lui était arrivé, à n'en pas douter.

« Où suis-je ? murmura-t-il.

– Dans ta maison, dit la voix rassurante de Mira. Ta maison sur Ariziane. »

Il se souvint de sa maison, de son village – Lilakan – et d'Ariziane. Sa planète.

Il se souvint de l'invasion.

Le souvenir brutal déversa en lui une vague d'horreurs. Si fort qu'il se dressa assis, noyé de sueur froide, ébloui par la lumière du soleil qui se déversait par la porte ouverte. La main douce de Mira se posa sur son épaule, l'obligeant à se recoucher. Il ferma les paupières sur les images du souvenir qui tour-

Où suis-je ? souffla-t-il.

naient toujours dans sa tête. Comme pour lui venir en aide, la voix de Mira s'éleva et dit :

« Ils viennent d'un vaisseau Monde *qui voyage dans l'espace. C'est ce que dit leur chef de guerre, Jonat Drevek. Leur voyage dure depuis si longtemps... Ils conquièrent les mondes habitables qu'ils trouvent sur leur chemin, et c'est pourquoi ils ont envoyé une expédition sur Ariziane.*

– Oui... oui, souffla Antodo Golrak. Il faut que je rencontre Drevek.

– Tu as déjà essayé, rappelle-toi, et c'est bien ce qui a failli te coûter la vie. »

Les images tournaient dans la tête douloureuse de Golrak. Les terribles images du souvenir ravivé... La tentative de discussion, dès qu'ils avaient traduit le langage des envahisseurs, n'avait rien donné. Rien d'autre, pour commencer, que la mort d'un vieillard, et puis... Et puis les massacres atroces qui avaient suivi quand ils avaient fait mine de résister. Tous ces soldats, avec leurs machines à tuer... Le feu tombant du ciel, largué par des vaisseaux volants... L'abomination. Les corps déchiquetés. Éparpillés par les explosions. Les cris. Les pleurs. L'hébétude des survivants. Il se souvenait. Les maisons au sud du village de Lilakan, en flammes...

Les images tournaient dans la tête de Golrak.

Ragsaw ?

« Ils sont... partis ? interrogea-t-il.

– Ils sont toujours sur Ariziane, mais plus loin, dit Mira. Ils ont laissé quelques soldats dans le village. Ils sont partout. Apparemment la conquête globale ne leur sera pas facile. Notre système social est difficile à paralyser. »

« Évidemment », songea Golrak. Jonat Drevek avait dit : « Je demande à être reçu par le gouvernement reconnu de ce monde.» Mais il n'y a pas de chef ni de gouvernement sur Ariziane. Il aurait fallu expliquer à l'envahisseur le mécanisme de fonctionnement d'une société dont chaque individu était responsable de son propre destin.

« Les massacres risquent de s'étendre, dit Golrak.

– Pourtant, les soldats qui demeurent ici ne semblent pas mauvais. Ils sont atteints par ce mal de l'obéissance aveugle à leurs supérieurs. Mais ils sont humains. Ils pourraient comprendre. Ils nous parlent. Ils nous écoutent. C'est ainsi en plusieurs endroits sur la planète. Ah, si nous pouvions convaincre ce Drevek !

Tu es Antodo, je suis Mira.

– Que m'est-il arrivé ?

– Un choc violent. Tu as été soufflé par une des premières explosions, au sud du village. »

Il se sentait de nouveau glisser dans le gouffre. Il dit :

« J'ai fait un cauchemar atroce. J'étais le chef des envahisseurs : je venais du vaisseau Monde *et j'étais à la recherche d'un des miens, Jonat Drevek. Mes mains étaient couvertes du sang d'un vieil homme.*

– C'était la fièvre, apaisa Mira. Le délire. Tu es Antodo, je suis Mira. Je t'aime et tu m'aimes. N'aie plus peur.

– Je me souviens de l'horreur », murmura Antodo Golrak.

Il retomba dans l'inconscience.

Antodo Golrak se réveilla abasourdi. Quel surprenant cauchemar ! Ariziane mise à feu et à sang par Drevek, commandant des forces de *Monde*, tandis que lui, Golrak, était un résistant arizianéen amnésique !

Et la promenade reprit.

C'est dans un état de grande perplexité qu'il contacta Jep Nigav. Ma foi, tout continuait à bien se passer sur la planète, entre l'armée d'occupation terrienne et les autochtones. Bizarrement, cette information qui aurait dû l'inquiéter – car il ne faut pas fraterniser avec les peuples que l'on est chargé de coloniser – lui procura un certain plaisir. Là-haut, en revanche, Jep Nigav trouva que son chef faisait preuve d'imprudence et de légèreté. Mais ce n'était pas à lui de prendre les décisions. Lui, son rôle était d'obéir.

Et la « promenade » reprit. Mira se remit à parler d'Ariziane. Et Diram. Et bien d'autres. Cela ne saoulait plus Golrak. Il se surprit même à parler du vaisseau *Monde*. Mais sa voix était morne par rapport aux inflexions chantantes des Arizianéens.

La « promenade » dura quatre jours.

Elle dura quatre jours, quatre nuits.

Quatre jours, quatre nuits, dans ce paysage de montagnes, traversant une succession de forêts et de plateaux arides. Toujours vers le nord.

Comme prévu, ils traversèrent des « villages », et Golrak put constater que Mira n'avait pas menti en lui décrivant son monde.

Un monde sans pays ni frontières dessinées sur des cartes, sans États, à plus forte raison sans chefs d'État. Un monde dépourvu de combats et de conflits économiques, sans risques de guerre liés à la compétition. Pas d'armées. La violence ici, c'était vivre, construire, s'efforcer de grandir, être en accord avec soi-même au sein d'un peuple, en accord aussi avec son environnement naturel. Un monde dans lequel le pouvoir du plus fort sur le plus faible n'existait pas. Chacun étant responsable de lui-même.

Peut-être s'agissait-il d'un énorme mensonge.

Une planète... de rêve. Irréelle.

Et pourtant, Ariziane existait.

Pourtant, ses habitants racontaient, et ce que Golrak pouvait voir confirmait leurs propos.

Ou bien peut-être s'agissait-il d'un vaste, d'un énorme mensonge, d'une ahurissante hallucination.

Quatre jours et quatre nuits, mais qui semblaient durer une éternité pour Golrak.

Et, chaque nuit, le cauchemar revenait.

C'était la nuit. Mira était auprès de lui. Sans un mot, souriante, elle l'aida à se lever. Il tenait sur ses jambes, quoique pas très solidement encore. Elle le soutint et ils quittèrent la maison. La nuit était claire et fraîche. Il reconnut le village. Les dégâts causés par l'attaque, vers le sud, ne se remarquaient pas dans la nuit.

« Ragsaw ? » *souffla Antodo.*

Il se souvenait comment les Arizianéens du village, et lui à leur tête, avaient tenté de s'opposer à l'installation brutale de ces hommes venus d'une très lointaine Terre.

Des hommes qui avaient brûlé et tué, pour montrer qu'ils étaient les plus forts.

« Ils ne sont pas les plus forts, murmura Antodo. Ce sont des bêtes assoiffées

Ils ne sont pas les plus forts, murmura Antodo.

de pouvoir, pas encore véritablement humains.

– Celui qu'ils appellent leur chef semble comprendre petit à petit qu'il a commis une erreur. Les soldats parlent avec les nôtres et nous les séduisons, je crois. »

La voix éteinte, Antodo Golrak s'entendit prononcer :

« J'ai tué un vieil homme qui était terriblement important. »

Mira leva vers lui, dans l'ombre, un regard insondable mais ne dit rien.

Quatre jours et quatre nuits, et, chaque nuit, le cauchemar revenait. mais était-ce un cauchemar ?

Il réapprenait Ariziane, qu'un choc psychologique avait éparpillée aux quatre coins de sa conscience embrouillée. Il ne tarderait pas à retrouver ses racines. Maintenant, *il le savait, savait aussi qu'il comprendrait un jour, bientôt sans doute, pourquoi il continuait de se sentir responsable de la mort d'un vieil homme.*

Ils ne pourront pas nous vaincre.

Il dit : « Ils ne pourront pas nous vaincre. Ou alors, ils devront pour cela raser toute la planète. Jamais ils ne se sont trouvés confrontés à un système social tel que le nôtre, qui reste pour eux du domaine de l'utopie. Qui ne peut pas exister. Nous le savons par les soldats qui ont commencé à se mêler aux nôtres en différents points de la planète : ils sont incrédules, étonnés, mais intéressés. Ils commencent à nous aimer et à se convaincre que nous ne sommes pas un rêve. »

Et il pensa que, plus tard, lorsqu'il aurait retrouvé Jonat Drevek, qu'il lui aurait expliqué Ariziane et que tout serait fini, il voyagerait longuement en compagnie de Mira sur cette planète des hommes libres. Ils parcourraient ce monde où les antagonismes [1] stupides, les rivalités incessantes, les oppositions de pouvoir, les querelles d'intérêts et les frontières artificielles entre les gens, toutes ces choses absurdes n'existaient pas. Antodo se souvint qu'il aimait Mira depuis longtemps.

Mira ajouta :

« Je crois même que Jonat Drevek, celui qui dit parler en leur nom, change d'attitude. Il n'est pas loin de se ranger à nos côtés, après ce qu'il a vu ici.

– Où est-il ? demanda Antodo Golrak. Puisqu'il parle au nom de tous les siens,

Je crois même que Drevek change d'attitude.

1. Antagonisme : opposition qui existe entre des personnes ou des idées différentes (conflit).

Golrak ne
savait plus
quand il rêvait
et quand
il était éveillé.

aussi bizarre et contre-nature que cela puisse paraître, c'est donc de lui que nous devons nous faire un allié.

– Nous allons le revoir bientôt », assura Mira.

On touchait au but.

On touchait au but. Demain, Golrak retrouverait Drevek. La première partie de sa mission, retrouver l'expédition disparue, allait être accomplie. En revanche, l'occupation d'Ariziane était un échec. Car il était quasiment trop tard pour permettre au navire-transport J.400 de rejoindre le vaisseau *Monde* afin d'embarquer des colons (le vaisseau *Monde* ne revenait jamais en arrière).

Tout en marchant, Golrak ne savait plus quand il rêvait et quand il était éveillé. Était-il une célébrité militaire conquérante dépêchée sur Ariziane par les Migrateurs, ou un résistant arizianéen plus ou moins amnésique ? Mais ce dont il était sûr, c'est qu'il marchait à côté d'une fille superbe nommée Mira et qu'il allait retrouver Drevek.

Il allait retrouver Drevek.

Dans la nuit, il eut une vision fantastique : Jonat Drevek et ses hommes détruisaient consciencieusement leurs navettes d'exploration et enterraient les débris, comme s'ils coupaient définitivement, irrémédiablement, les ponts derrière eux.

Antodo Golrak, au terme de cette vision, s'éveilla en sursaut. C'était le matin. Il appela Mira et elle fut immédiatement à son chevet.

« Nous devons parler à cet homme ! s'exclama Antodo, vibrant d'excitation. Il a compris, je le sais ! Il est des nôtres !

Il doit convaincre à présent ses soldats de nous laisser en paix. Il le peut et il le faut ! »

Alors Mira sourit lentement.

Puis son visage fondit, son image s'effaça, telle une silhouette de brouillard lentement dispersée. La réalité, autour d'elle, s'effilocha pareillement et...

Un poids de terreur immense s'effondra sur Golrak. En une fraction de seconde, il sut que le piège s'était refermé sur lui, quelque part et en un point du temps. Il ne pouvait comprendre mieux. Quelque part et en un point du temps. Presque simultanément, dans cette absolue certitude, les mâchoires de ce piège, ou de cette sensation de piège, s'écartaient pour le libérer. Il comprit que ce n'était pas un véritable piège. Pas tout à fait.

Fermant les paupières, il attendit que s'estompe le vacarme abominable qui tonnait dans son crâne.

Il s'évanouit.

L'EXPÉDITION PERDUE 7

C'ÉTAIT un plateau caillouteux, à flanc de montagne. L'herbe était rase, brûlée par vents et soleil. Trois maisons basses étaient construites au pied de la paroi.

Une demi-douzaine de soldats de la première expédition en sous-combinaisons de combat, l'air débraillé, se tenaient devant les maisons.

Derrière Golrak se pressaient les Arizianéens, dont le nombre avait sensiblement diminué, et quelques-uns de ses hommes. Leur tenue n'était pas plus fraîche que celle de ceux qui se tenaient devant les maisons. Il aperçut Mira, à quelques pas en arrière et à gauche de la civière sur laquelle on l'avait couché.

Jonat Drevek s'approcha à pas lents. Un moment, ils échangèrent un regard, sans rien dire. Puis Golrak demanda :

« Combien de temps ? »

Jonat Drevek dit, souriant :

« Vous avez marché quatre jours et quatre nuits. Plus ton évanouissement de quelques heures. »

Trop tard pour la conquête et le débarquement des colons.

Échec. Mais le mot n'avait plus le goût d'amertume.

Antodo Golrak sourit et se souleva sur sa civière. Sa conscience était bouillonnante. Jonat Drevek ne le quittait pas des yeux, souriant lui aussi. Il fit encore un pas et il aida « le grand Antodo Golrak » à quitter la civière.

« Ça va bien, remercia le commandant. Quatre jours et quatre nuits... J'aurais imaginé que le temps avait coulé cinq fois plus lentement.

– Effet de distorsion temporelle, dit Jonat Drevek, provoqué par l'hypnotique que tu as avalé quelques heures après ton départ de la base. La nourriture que t'a donnée Mira était droguée.

– Et mes hommes ?

– Eux aussi ont eu droit à un hypnotique. Mais léger, car, pour la plupart, le simple contact avec les Arizianéens a suffi à les convaincre... Comme je le suis. Comme le sont pratiquement toutes nos troupes débarquées. »

Golrak acquiesça en silence. Puis il se mit en marche vers le bord du plateau, et Drevek le suivit. L'endroit surplombait une large vallée que le soleil levant peignait en rose.

Drevek ne le quittait pas des yeux.

« J'aurais probablement pu te retrouver en utilisant les navettes, n'est-ce pas ? dit Golrak.

– Évidemment. Mais il fallait du temps. Il *nous* fallait du temps pour te convaincre. »

Golrak porta la main à son front. Un début de migraine pointait.

« Cela n'a rien d'un lavage de cerveau, dit Drevek. Juste une sorte de conditionnement, pour t'aider à comprendre cette civilisation et cette planète. Ainsi tu as été arizianéen pendant les "cauchemars" de ces quatre nuits... et tu l'es peut-être encore.

– Et toi ?

– Je ne suis pas un héros guerrier comme toi, dit Jonat Drevek. La raison, tu sais, et la communication avec ce peuple m'ont été suffisantes. À mes

hommes aussi. Aux tiens pareillement. »

Golrak eut un petit rire silencieux.

« C'est drôle, dit-il. Je n'ai vraiment pas le sentiment d'être vaincu.

– Tu ne l'es pas. C'est tout le contraire...

Si tu me racontais ?

– Si tu me racontais ?

– Oh, c'est très simple », dit Jonat Drevek.

Il raconta.

Les habitants d'Ariziane avaient repéré l'approche du vaisseau *Monde* bien avant que celui-ci eut détecté la planète. Ils attendaient les nouveaux venus, c'était une fête. S'ils connaissaient parfaitement leur environnement spatial, ils n'éprouvaient pas encore le besoin de s'y aventurer.

Tant de choses restaient à découvrir, disaient-ils, au sein de leur société.

À peine la première expédition s'était-elle posée que les habitants avaient submergé le groupe d'explorateurs, et la « valise bavarde » du communicateur Caine avait eu fort à faire. En moins de cinq heures, Jonat Drevek le conquérant avait été conquis. Et tous ses hommes avec lui. Que faire ? Eh bien, il avait fait le mort.

Tu as vraiment détruit tes navettes ?

Antodo Golrak demanda :

« Tu as vraiment détruit tes navettes ?

– Oui, comme je te l'ai suggéré hypnotiquement dans ton sommeil, dit Drevek. Nous attendions ton arrivée et redoutions ta réaction. C'est pourquoi le village proche du point de contact a été évacué... sauf quelques vieillards qui décidèrent de rester... Et je t'ai attiré ici, grâce à cette mystification hypnotique, avec le concours des Arizianéens. »

À présent, le soleil faisait couler de l'argent sur un fleuve, au loin.

« Les massacres..., murmura Golrak.

– Suggestions toujours... Mais c'est ce qui n'aurait pas manqué de se produire, Antodo, si tu avais décidé cette conquête. Maintenant que tu connais les Arizianéens, tu vois bien qu'une force armée n'aurait pas pu les soumettre avec les moyens habituels. Il aurait fallu tout raser, tout effacer ! Ils ne donnent aucune prise à notre pouvoir, ne disposent d'aucun centre de commandement, rien. Ils sont la société parfaite au service de chacun, chacun selon ses goûts, ses aspirations, ses désirs, dans le respect de l'autre. Ce n'est pas de l'utopie, c'est la réalité. Rien n'est figé, tout est toujours à faire, la science est à leur service, au gré des besoins, intelligemment. L'éco-

nomie répond à ce même principe de libre responsabilité... Tandis que nous, Golrak, nous sommes issus d'une culture bâtie sur la peur des autres... Nous pensons : "Je repousse l'autre pour rester ce que je suis", tandis que l'Arizianéen pense : "J'attends l'autre pour ce qu'il m'apportera."

– Je sais, murmura Golrak, se souvenant avec émotion de ses "cauchemars".

– C'est un vaste mensonge que nous propageons dans l'Univers, reprit Drevek. Nos dieux tout-puissants n'existent pas davantage que notre VÉRITÉ unique. Nous avons inventé tout cela du fond de nos cavernes pour essayer de nous protéger de la peur. Nous avons évolué sur le chemin de l'angoisse. Au contraire, chaque jour qui passe est une découverte à faire pour un Arizianéen.

– Comment cela peut-il fonctionner ?

– Je vais apprendre. Et ceux qui restent apprendront. Nous y parviendrons. Il y a davantage à découvrir sur ce monde et sur le trajet de son évolution, parmi ces hommes et ces femmes, que dans toutes les conquêtes imaginables que le vaisseau *Monde* fera jamais. »

Golrak contemplait la vallée. Il garda le silence.

Il avait été un arizianéen. Il l'était encore, quelque part au fond de lui.

Demeurer ici, ce n'était pas trahir les siens, du vaisseau *Monde*. On ne trahit pas le mensonge.

C'est un vaste mensonge que nous propageons.

RAGSAW ? 8

JEP NIGAV ne comprit pas vraiment l'ordre d'Antodo Golrak. Mais il avait été dressé à obéir à son supérieur. Si Golrak affirmait que la planète W.P.32 n'était pas colonisable, parce que trop dangereuse pour de multiples raisons, il n'y avait pas à discuter.

Jep Nigav regagna le navire-transport et avec lui vingt-quatre navettes dont trois du groupe directement commandé par Golrak. Puis le J.400 mit le cap sur le vaisseau *Monde* déjà très éloigné. Près de deux mille soldats (si on pouvait encore les nommer ainsi) restaient sur Ariziane. Il s'agissait de ceux qui s'étaient immédiatement mêlés à la population, aux différents points d'atterrissage.

Ils regardèrent le ciel, sans un mot.

À présent, le soir descendait. Sur le plateau, des feux avaient été allumés.

Jonat Drevek l'avait dit : il y avait davantage à découvrir ici, au sein de ce peuple paisible, que n'importe où ailleurs...

Ils regardèrent le ciel, sans un mot, comme s'ils pouvaient apercevoir les navettes envolées.

Quelque part, le vaisseau *Monde* poursuivait sa course dans l'obscurité du cosmos.

Puis Antodo Golrak porta son regard sur ses compagnons. Sur Jonat Drevek et les soldats qui n'étaient plus des soldats, sur les groupes d'Arizianéens, sur Mira. Et sur la vieille femme aussi, parmi eux.

« *Ragsaw ?* » dit la vieille femme.

Plus tard, un autre jour, il lui répondrait. Dans la langue de son peuple. Il répondrait, il l'espérait.

Il espérait vraiment répondre. Il savait qu'il aurait mal, en le faisant, car on ne peut raisonnablement répondre à cette interrogation sans souffrir. Car la mort d'un homme, d'un vieil homme *terriblement important* comme est importante n'importe quelle mort d'homme, cette mort sciemment provoquée, ne peut que faire éternellement mal à la conscience.

Antodo répondrait à la vieille femme.

Il répondrait à la vieille femme. Il répondrait à tous les « pourquoi » semés derrière lui, au cours de sa carrière de conquérant. Les « pourquoi » prononcés en différents langages et qui résonnaient maintenant dans sa tête, à travers le silence de morts innombrables.

Ce jour-là, Antodo Golrak prendrait un autre nom – le nom d'un citoyen libre d'Ariziane.

Table des matières

Pierre Pelot

est né en 1945 dans les Vosges, où il vit toujours.
Vosgien de racines, de ramure, et souvent de floraison.... Depuis l'âge de vingt ans, il a publié une centaine d'ouvrages : des livres de science-fiction, des romans noirs, des pièces de théâtre et des ouvrages pour la jeunesse.

Du même auteur

Livres de jeunesse chez d'autres éditeurs :
Les Larmes de la jungle (Rageot Éditeur/Cascade)
Fou comme l'oiseau (Éditions de l'Amitié - Rageot. Épuisé)
Les Croix en feu (Flammarion/Castor Poche)
Je suis la mauvaise herbe (Éditions GP - Rouge & Or. Épuisé)
Le Pays des rivières sans nom (Milan)
Les Étoiles ensevelies (Rageot Éditeur/Cascade)
Le Père Noël s'appelle Basile (Syros)

Livres pour adultes chez d'autres éditeurs :
Ce soir, les souris sont bleues (Denoël)
L'Été en pente douce (j'ai Lu)
Le Rêve de Lucy (Seuil)
Le Bonheur des sardines (Denoël)

Christophe Merlin

INFLUENCES
Coups d'œil

AMOURS
Coups de cœur

HAINES
Coups bas

PARCOURS
Coups de torchon

ENVIES
Coups de girofle

DANS LA MÊME COLLECTION

DÈS 8 ANS

3. *Trois Aventures de l'Ogre-doux.* Jean-Loup Craipeau
5. *Gaël et Réséda.* Dominique Buisset
16. *Les Malheurs de Sophie.* Comtesse de Ségur

DÈS 9-10 ANS

1. *Gare au carnage, Amédée Petipotage !* Jean-Loup Craipeau
2. *Trafic à la gare de Norvège.* Pierre Mezinski et Corinne Bouchard
6. *Cabot-caboche.* Daniel Pennac
7. *L'Œil du loup.* Daniel Pennac
8. *Opération Marcellin.* Claire Mazard
9. *L'Expédition perdue.* Pierre Pelot
12. *Croc-Blanc.* Jack London
13. *Vingt Mille Lieues sous les mers.* Jules Verne
15. *Le Fil à retordre.* Claude Bourgeyx

DÈS 11-12 ANS

4. *Lapoigne et l'Ogre du métro.* Thierry Jonquet
10. *La Dernière Pluie.* Jean-Pierre Andrevon
11. *Contes et Légendes de l'Odyssée.* Jean Martin
14. *La Guerre du Feu.* J.H. Rosny aîné

À PARAÎTRE EN SEPTEMBRE 1994 :

DÈS 8 ANS

17. *L'école qui n'existait pas.* Gudule

DÈS 9-10 ANS

18. *Les Mange-Forêt.* Kim Aldany
19. *Contes et Légendes des chevaliers de la Table Ronde.* Jacqueline Mirande
21. *Contes et Légendes de la mythologie grecque.* Claude Pouzadoux
22. *Contes et Légendes de l'Égypte ancienne.* Brigitte Évano
23. *Les 777 pouvoirs.* Mélina Druas

DÈS 11-12 ANS

20. *Contes et Légendes de la naissance de Rome.* François Sautereau
24. *Contes et Légendes de l'Iliade.* Jean Martin

N° d'Éditeur 10022673
Dépôt légal Juin 1994
MAME Imprimeurs à Tours
Loi numéro 49 956 du 16 juillet 1949
sur les publications destinées à la jeunesse
ISBN 2-09-282122-9